夢の箱

橋本千秋詩集

JN256942

編集工房ノア

詩集　夢の箱　目次

I

II

装幀　森本良成

I

春の昼

止めていた車のフロントガラスに、桜の花びらが落ちている。エンジンを掛け、散り始めた桜並木を抜けると広い道路に出る。昼下がりの街はぬるんだ空気に霞み、アスファルトがゆらゆら溶けていく。眩しくて目を細めると、前を渡っていく人たちがいる。スキップをしながら女の子が、乳母車を押した人や日傘を差した人、犬を連れた人が渡っていく。気づいたのか手を振る人がいる。いつか私も、あの中のひとりになって、手を振りながら渡っていくのだろう。車を止め、渡っていく人たちを見送る。消えた空のあたりから花びらが落ちてくる。

春の川

電車とバスを乗り継いでやってきた村は、あの頃と変わらずひっそりしていた。開いた玄関から声を掛ける。ひんやりと薄暗い土間、黒く光る上がり框に蓬の入ったザルが置いてある。懐かしい匂いに目を瞑る。

あの日も、奈美と土手の桜の木の下にいた。舞い落ちる花びらを追いかけ遊んでいた。風が止むと、枝を揺すって落とし始めた。舞い落ちる花びらに声を上げ、跳び上がっては枝を揺する。その時、あっという声を上げ、奈美が土手を滑り落ちた。川に落ちた奈美を追いかけ下りていく。摑んだ蓬が千切れて匂う。奈美に伸ばした手は届かず、花びらの張り付いた手が流れていく。

外に出て家の周りを歩く。川向こうの土手に人影が見える。奈美がいる。声を上げ呼びかける。ごめんね、助けられなくてといったのは奈美の方で、顔を覆って泣いている。あの時、川に流されたのは私だったのだ。奈美に伸ばした手は届かず、花びらと一緒に流れていく。

濡れた手

降り続く雨に、壁に貼った地図が波打っている。日に焼けた古い城下町の地図。ピンを抜いて貼り直す。今ごろは、張り巡らされた水路に、川の水が勢いよく流れ込んでいることだろう。地図を見つめ、指先でなぞる。

石段を下りていくと一隻の舟が近づいてくる。舟は一人乗りだが、二人三人と乗っている舟もある。途中で沈まなければいいがと見つめる。白鷺がふわりと飛び立つ。水面を凌霄《のうぜん》花《かずら》の花が流れていく。舟が止まった。水路が分かれている。振り返る船頭に、右に行ってくださいと頼む。水草がゆらゆら揺れる。水の中に手を入れる。船頭が肩を摑み、ここで落ちたことを覚えていないのですか、落ちると旅は終わりですからという。ハンカチで濡れた手を拭き、汗を拭う。

橋の下をくぐり抜け、木漏れ日の下をいく。流れる水に乗って下っていく。いま舟は、なぞった水路のどのあたりにいるのだろう。流

れ込んだ水が水路を巡り、また川へ戻るまで
の短い旅。

リボン

バスは静かな田園風景を抜け、遺跡があるジャングルの中へと入っていく。夜中に降った雨が道路に水溜りを作っている。クラクションを鳴らし、泥水を撥ねながら進んでいく。バス大きなガジュマルの木の下で停まった。バスを降りる私たちを見て、土産物店から女の子が走ってくる。

遺跡を見て戻ってくると、仲間の一人が女の子の髪をリボンで結んでいる。早くバスに乗るように目配せする。バスは直ぐに出発した。バスの窓から見る土産物店。そこに女の子の姿はなく、ピンクのリボンが水溜りに落ちていた。

濡れる木

新緑のブナ林を歩く。時折落ちてくる雫に首を竦める。幹を撫でると手のひらが濡れる。葉に溜まった雨が、雫になって幹を滴り落ちていく。ブナの根元に染み込んでいく。

雨の降る街角で傘も差さずに立っていた人。
雨が髪を濡らし、首筋を伝って落ちていく。
雫はもう、足元まで届いただろうか。

熱帯魚

日暮れは歩幅より早くやってくる。暗い玄関で手袋を脱いで鍵穴を探す。ドアを開けるとフローリングの床が淡い光に濡れている。明るい水槽の中をネオンテトラが泳いでいる。

ガラスに手を当てると近寄ってくる。水温二十六度、冷えた指先に感覚が戻ってくる。水の中で生きるいのちと、大気の中で生きるいのち。ガラス越しに見つめる。

池

なだらかな坂を下りていくと、睡蓮の咲く池がある。今日は足音に近寄ってくる鯉も、飛び立つ鷺の姿もなく、池の水嵩が半分に減っている。異常繁殖したヒシを取るため水抜きをしている。男の子が残った水の中に魚を投げ入れている。落ち口を覗くと流れ出た魚がいる。跳ねる魚を掬い上げ走る。濡れた手のひらに蘇る感覚がある。跳ねるいのちを育んでいたことを、手のひらは覚えている。

プール

ガラス張りの高い天井の上を雲が流れていく。射し込んだ光が水面に反射して揺れる。上がるしぶきと水の音。跳び込めば泳ぎ方は体が覚えていて、水を掻き、水を蹴る。浮力は胸にある空っぽの部屋のせい。浮き上がる体を丸めて一回転。水底まで沈んでいく。

ゆらゆらと揺れる光。水面を目指しプールの底を蹴る。水に濡れ、鱗を落としながら上がる。

宵闇

アスファルトの熱気に汗が流れる。両手に荷物を提げ帰り道を急ぐ。自動販売機の白い明かりが歩道を照らしている。淡い光の中に人影がある。ゴトンと音がして飲み物を拾い上げる後姿。その背中は誰かに似ていて足が止まる。もういない人の姿を思い浮かべる。

駅から住宅街へと続く道。いっとき人通りが跡絶える時がある。渇いたまま逝った人が、ひっそりとやって来て、ひっそりと闇の中へ戻っていく。

梅雨晴間

窓際の席に座って待っていた。歩道に花びらが散っている。見上げると泰山木が白い花を付けている。歩道を歩いてくる人に、ガラス越しに手を振る。バッグの中の携帯電話が鳴る。どこにいるのという声。こちらから見えても、向こうからは見えない。

晴れた空を見上げる。携帯電話に耳を当てる。元気にしているかしら、別に用事はないんだけど、ちょっと顔を見たくてね。メモリーに残った最後の声。向こうから見えても、こちらからは見えない。

待つ

夕暮れの街を帰る。門を開けると玄関の前で、犬が足を揃えて待っている。足音に気づいて走ってきたのか、帰る時間を覚えて待っていたのか、朝、出掛けた時と同じ場所で、同じ姿で待っている。昨日と同じ今日を、今日と同じ明日を、耳をそばだてて待っている。

穴

夜中、カリカリという音に目が覚める。勝手口のドアを開けると、コンクリートの床を足で掻いている。上目遣いに私を見る。それは地面が土だった頃の記憶。コンクリートの上から、塞がれた土を掘る習性。ドアを閉める。

霜枯れたアジサイの根元に大きな穴がある。

さあ、お前が掘った穴に埋めてあげる。土の中でゆっくりと生き物の形を脱いで、何にでもなれるところまで戻って、好きないのちの形になって、また生まれておいで。

家

犬がいた頃、四時になると家の中を覗いて待っていた。散歩のコースは決まっていて、公園を横切り住宅街を抜け、雑木林の中を歩いて帰ってくる。小一時間の散歩だが、いつの頃からか時々、帰って来ても家に入らず、家の前を通り過ぎる。名を呼んでも振り返らない。散歩が足りないとか、どこか行きたい所があるとか、そんな風でもなく家の周りを一周すると、おとなしく家に入る。

夕方、ひとり帰るいつもの道。家を見ながら、家の前を通り過ぎる。家の周りを一周して入る。

朝

近づくと、すーっと開いた自動ドア。思わず
外に出てしまったけれど、振り返ればまだ皆
部屋の中にいて。今なら戻れそうな気がして
瞼を閉じても、夢のドアはもう開かない。

影

女の子がしゃがんで、自分の影をチョークで
なぞって、すぐ消した。
夕方になっても、女の子が帰ってこない。

忘れもの

フローリングの床に画用紙を広げると、水族館の絵を描き始めた。大きい魚や小さい魚、色とりどりの魚が画用紙一面に泳ぎだす。跳び上がる魚もいる。お迎えが来て、描いた絵をくるくると丸めて持って帰っていった。フローリングの床に水しぶきが散っている。尾

びれや背びれが残っている。タオルに包んで
洗面所で流す。

夜、電話が掛かってきた。忘れものは今ごろ、
川を流れて海にたどり着いている頃。洗面所
からピチャッと魚の跳ねる音がする。

帰り道

約束をしたのに、散歩の帰りはおんぶになった。眠くなったのか、お話をしてという。

あるところに仲のいい家族がいました。家族は一年に一度、みんなで山に遊びに行きます。山に着くと、持ってきたお花とお水を置いて手を合わせ、一緒に帰りましょうといって、背中におんぶして帰ってきます。家に着くと下ろして、ご飯を食べたり歌を歌ったりします。さて、なぞなぞです。おんぶされて帰ってきた人は誰でしょう。しばらく考えていた。

家が見えてきた。歩くといって背中から滑り下りて走っていく。

夢の中

目が覚めたのかと思い部屋を覗くと、寝返りを打ち何か呟いている。夢を見ているのか、瞼がヒクヒク動いている。名前を呼ぶと目を覚まし、膝小僧を撫でる。靴が脱げて転んで、大きな犬がいて、じゃんけんで勝って、ポケモンのカードを取ったと、夢の中のお話をしてくれる。

夕方になって公園まで迎えにいく。お友だちと輪になって遊んでいる。逸れたボールが転がってくる。それを追いかけて犬が走ってくる。カードを置いて逃げる子どもたち。ぶつかって転んだ。膝小僧が擦りむけている。片方の靴が脱げたまま、泣きながら走ってくる。

この世界は私が見ている夢。夢の中に私がいる。

一本の映画

歩道を駆けていく人がいる。天気予報通り夕立になった。二、三時間もすれば雨は上がるだろう。映画館に入る。上映時間は二時間余り。映画のストーリーとキャストに目を通す。照明が落ちる。スクリーンを見つめ、じっと待つ。

生まれるとき、私たちは親を選び、時代や場所を変え、何度も生まれ変わってくる。嬉しいことや悲しいこと、いろんな思いを味わいたくて、ここで待つ。

アカシックレコード*

電車の窓から街を見ているとき、レストランで食事をしているとき、それはありふれた日常のなかで、不意に蘇る鮮やかな風景がある。私の記憶の中にある風景ではなく、紛れ込んだ一枚の写真のようで何のつながりもない。どんな意味があるのか、何を暗示するのか分

現《うつつ》の夢の　夢の現《うつつ》の

安水稔和

本詩集『夢の箱』は橋本千秋の久しぶりの第二詩集である。十七年前に上梓された第一詩集『長いノック』を取り出して再読する。

光る銃口　（「星」）

闇に／穴をあけている　（「蛍」）

嚙むと／嘘って／音がする　（「苺」）

水の／薄皮を／剝いでみる　（「初氷」）

海の端は／いつも／ほつれている　（「波うちぎわ」）

胎内にいるとき／はじまった

（「カウント　ダウン」）

全行引用。一行二行三行と短い作品ばかりで長くても数行。ほとんどがワン・センテンス。

海から／上がってきて／三億五千万年／／この頃／目が乾く

（「ドライ　アイ」）

セーター／ブラウス／スカート／ストッキングと／脱いでいく／／今日の脱皮は／すこし痛い

（「静電気」）

題と詩行が呼応する。瞬時に現前する感覚の震え。ゆっくりと思惟の深化。警句ではない、箴言でもない。短いが広い、短いから広い、独得の不思議な世界。これはことばの飛礫、詩の飛沫。

あの頃、橋本千秋はこんな文章を書いている。「別に短く書こうとかそういう意識はないのですが、思っていること、書きたいことがほんの数行で終わってしまうのです」。続けてこうも書いている。「でも読む方は長い散文詩が好き。その内、長い詩が書けたらいいなあと思います」と。またこんなことも書いている。「時間とは、記憶とは何なんでしょう。DNAの膨大な記憶の中の思い出した部分、それが詩かもしれない」と。

目を見張る鮮やかな短詩を収めた第一詩集『長いノック』を上梓した後、橋本千秋は一転、長い詩を、詩人にとっては長い詩を、それも散文詩を〈膨大な記憶〉にうながされて書き始め、書き続けた。そうしてこのたびの詩集『夢の箱』が生まれた。

新詩集『夢の箱』の第一部。冒頭の三篇を読んでみる。

いつか私も、あの中のひとりになって、手を
振りながら渡っていくのだろう。
（「春の昼」）

あの時、川に流されたのは私だったのだ。…
花びらと一緒に流れていく。
（「春の川」）

ここで落ちたことを覚えていないのですか、
…また川へ戻るまでの短い旅。（「濡れた手」）

隣り合う界への参入。体験の反転。そして記憶の断絶と回帰。もうすこし拾ってみる。

渇いたまま逝った人が、ひっそりとやって来て、ひっそりと闇の中へ戻っていく。（「宵闇」）

こちらから見えても、向こうからは見えない。…向こうから見えても、こちらからは見えない。（「梅雨晴間」）

私たちは…何度も生まれ変わってくる。…いろんな思いを味わいたくて、ここで待つ。（「一本の映画」）

界を行き来する。界のむこうで、界のこちらで、じっと待つ。日常をいとおしみ、いのちの姿を見詰める。だから気になる。些細なことも気になる。それを書き留めることで、じわじわと、やがてはっきりと。そこで〈夢〉、そこで〈夢の箱〉。「この世界は私が見ている夢。夢の中に私がいる」(「夢の中」)と思い定めて。ここで第二部からすこし援用する。

夢の中ではよく見えるのに、目が覚めると何
も見えないいんだよという。
(「耳を澄ませて」)

眠るということは、誰かの夢の中へ入ってい
くこと。上手く入れますように。
(「夢の中へ」)

詩集『夢の箱』の第二部は、身近な人々との別れの、つまり出会いの歌。母父、兄弟妹、祖母祖父、叔母叔父、従姉妹従兄弟、それから犬も。これはまさしく現《うつつ》の夢の話。

ターミナルに着くと、待合室のベンチに母が座っている。待っていたのよといって手を取る。どれ位話をしていただろう、アナウンスに、もう行かなくてはと立ち上がる。先に行って待っているからと来た電車に乗り、ガラス越しに手を振る。出て行く電車を見送る。次の電車はいつ来るのだろう。

（「ターミナル」後半）

次の電車はいつ来るのだろう。ほんとうに来るのだろうか。先に行った人はどこまで行くのか。また出会えるのか。待っていてくれるのか。私はどこへ行くのか。どこまで行くのか。喜怒哀楽、さまざまの思い握りしめて立ちつくす私。夢の現《うつつ》の。この詩集は第一詩集『長いノック』の生まれ変わりのメモリーボックス、ブラックボックス。記憶の箱、夢の箱。橋本千秋の次なる仕事に期待する。

橋本千秋詩集『夢の箱』二〇一五年八月一日

からないが、こぼれ落ちたジグソーパズルのピースのようだ。さまざまな記憶のピースを組み合わせ、一枚の絵に仕上げていく途中なのだろう。今、私が見ている風景も、ピースの一つとなって嵌め込まれていく。

＊地球に関わる全存在の、過去から未来までの記録、データベース。

メモリーボックス

キーを取ろうとして、床に落ちたキーボックス。散らばったキーを拾い集める。勝手口、玄関、ガレージ、自転車のスペア・キー、そして何のキーだか分からないキーが一つ、ずっと箱の中にある。メモリーボックスを開けるキーに思えて、捨てられないでいる。

II

漏れる光

鼻の奥を何か微かな匂いが通り過ぎた。何の匂いだろう。寝返りを打ちスタンドに手を伸ばす。強く握りしめていたのか指先が痺れている。手のひらの汗を拭い、前髪を搔き上げる。また匂った。ああ、この匂いは。

田植えの終わった田圃の畦道を、懐中電灯を持った兄の後ろを小走りでついていく。糊のきいた浴衣の襟が、天花粉を叩いた首に当たって痛い。懐中電灯の丸い明かりの中を蛙が横切る。川の流れる音がする。夏草を掻き分け下りていく。まだ誰も来ていない。兄が明かりを消して流れの上を見つめる。飛び交う光を網で掬う。掬いきれなかった光が四方に散る。光の一つが浴衣の袖に止まった。手のひらに置くと、ぼっと光った。足音がする。そっと握りしめた。指の間から光が漏れる。足音が近づいて来る。これは私の蛍。誰にも渡さない。ぎゅっと握りしめた。

呼ぶ声

従姉妹たちと海水浴に来て砂遊びをしている。よしず張りの海の家には母たちがいて手を振っている。砂に掘った穴に、今度は私といって寝転ぶ。従姉妹たちが砂を掬ってかけていく。頬に砂がかかる。真上にきた太陽がまぶしくて目を閉じる。砂の重さに沈んでいく。

従姉妹たちが私の顔を覗きこんで泣いている。

年老いた私が横たわっている。長い一生だったね、ゆっくりお休みなさいといって頬を撫でる。土を掬ってかけていく。土の中で、いつかまた従姉妹たちと暮らせる日を待っている。

呼ぶ声がする。目を開けると太陽が傾き、砂が白く乾いている。母たちが手を振って呼んでいる。従姉妹たちが砂に埋めた私を置いて駆けていく。起き上がって砂を払いながら駆けていく。いつからだろう。呼ぶ声がして目覚めると、また始まっている長い夢。

夢の箱

急な石段を登ると、もう祭りは始まっていた。明かりが点り、法被を着た人たちが行き交っている。参道の両側には夜店が並んでいる。村のどこにこれだけの人がいたのだろう。祖母が来ない。綿菓子、金魚すくい、ヨーヨーつり、人を掻き分け覗いていく。台の上に小さな箱を置いた店がある。立ち止まって見ているると、今夜は早いお出ましだね、見ていくかいという。初めてだというと、覚えていないのかねといって笑う。箱には丸い穴が開いていた。覗いてごらん、見えたらお代を払っておくれと穴を指差す。

どの位見ていたのだろう。肩を叩かれ目を離した。良く見えたかい、楽しかったかいといって顔を覗きこむ。箱から目を離した途端、消えてしまった。見ていたのに思い出せないというと、それでいいんだよ、これは夢の箱だから、目を離すと消えてしまうんだよという。金魚すくいのおじさんが残りの金魚をバケツに戻し、盥の水を流し始めた。祖母はどこにいるのだろう。足元に流れてきた水を避け石段を駆け下りた。

夜中、目が覚めると祖母が団扇で扇いでいた。また祭りに行こうねというと、不思議そうに、あの神社は祠があるだけで、祭りなど聞いたことがないという。夢を見ていたんだね、夢を見ている時は夢と思わず、目が覚めて夢だとわかるんだよといって笑う。扇いでいた手を止め、もう少しお眠りといって背中を叩いた。あとどの位寝たら、この夢から覚めるのだろう。

観覧車

長い列の最後尾につくと、母は乗車券をバッグに仕舞い溜息をついた。四十分待ちと聞いて、父と弟はジェットコースターの方へ行ってしまった。妹と私は初めて見る観覧車に手を叩いた。列はゆっくり進んで行く。バナナ、ナベ、ベンチ、妹と二人でする尻取り遊び。前を見る。チンパンジー、ジュース、オシッコ。えっと母が妹を覗き込む。我慢できないのという声に頷く。

ガチャンとドアが閉まった。観覧車が上がっていく。長い列の横を母が妹の手を引いて走っていく。角を曲がると建物の中に消えた。上へ上へと上がっていく。山の向こうに海が光って見える。下を見ると、入口で見た案内図と同じ風景が広がっている。その時、観覧車がぐらりと揺れ、思わず目を瞑った。

揺れが止むとゆっくり下り始めた。音楽や人の声が聞こえてくる。観覧車が止まった。外に出ようと立ち上がる。どうしたのだろう。ドアが開かない。人混みの中に母がいる。早く出してと叫ぶ。係員がドアをこじ開け引っ

張った。外に出ると大きな声で泣いた。母は
駆け寄ると抱き上げ、見守る人たちにいった。
生まれました、女の子です。

夕立

自動ドアの向こうを傘を差した人が歩いていく。やはり降りだした。バッグを抱え車まで走る。ドアを小さく開けて滑り込む。フロントガラスを大粒の雨が叩き、筋になって流れ落ちていく。キュッ　クッ　キュッ　クッとワイパーが小さな音を立て雨を拭う。

ただいまの声に返事はなかった。庭に回ると、池の布袋葵《ほていあおい》が薄紫の花を付けている。池に渡した板に乗り、しゃがんで手を伸ばす。花を折って立ち上がったとき、ふわりと体が浮いた。

気がつくと、ずぶ濡れになって縁側に座っていた。指先が震え、耳の中で心臓の音がする。鼻の奥がツンとして声が出ない。大粒の雨が布袋葵の花を叩いている。自転車の音がして母が帰ってきた。濡れた髪を拭くと、しゃがんで縁側を拭き始めた。キュッ　クッ　キュッ　クッと近づいてくる。母が顔を上げるのを待っている。

耳を澄ませて

照明が消え舞台は真暗になった。祖母はハンカチで涙を拭くと、終わりじゃないよ、まだ続きがあるんだから、聞こえるだろう音が、人のいる気配がするといって舞台を指差す。祖母と暗い舞台に目を凝らし、耳を澄ませて待っている。

祖母の部屋の前に来ると、中からどうぞという声がする。足音でわかるらしい。お茶を淹れるといつものように、手紙を読んでおくれという。箱を取り出す。中には亡くなった祖父や叔母たちの手紙が入っている。目を宙にすえ、じっと聞いている。夢の中ではよく見えるのに、目が覚めると何も見えないんだよという。窓の外は木の葉が色づき始め、木漏れ日が膝の上に置いた祖母の手を撫でている。

付けていたテレビの画面がコマーシャルに変わった。終わったのかいと祖母がいう。終わりじゃないよ、まだ続きがあるんだから。祖母は目を凝らし、耳を澄ませて待っている。

アルバム

小春日和の動物園、やっと出てきたパンダに歓声が上がる。走ってきた男の子がパンダを指差す。追いかけてきたお父さんがカメラを構え名前を呼ぶ。シャッターが下りる。父と母はキリンのいる柵の前に来ると、その前に私を立たせた。カメラを構えてピントを合わせている。父がネクタイをしている。母が珍しく指輪をしている。父がカメラから目を離し、私の頭を指差す。帽子を被り直す。父の動きが止まる。シャッターが下りる。

キリンと写った一枚の写真。帽子を被った私が、カメラを構えた父と傍らの母を、じっと見つめている。

マジシャン

叔父は大きなトランクと、ビニール袋に入った金魚を持ってやってきた。白いワイシャツの袖を捲り上げると金魚鉢に放した。金魚だけの鉢を見て、淋しそうだねといってトランクを開けた。トランプや帽子、旗などが入っていた。その中から色とりどりの石を取り出し、鉢の中へ落としていく。最後の一つを私の手のひらに置くと、ハンカチで覆い、声を掛けて引いた。石はひんやりとした冷たさと、波紋を残し消えた。

夢の中へ

最後に大輪の花火が上がって花火大会は終わった。従兄弟たちが口笛を吹きながら帰っていく。しばらくすると父が笑いながら帰っていく。そして母が、ここはあなたの夢の中だからといって帰っていく。後を追いかけ声をかける。その声に目が覚める。外はまだ暗い。傍らに母が眠っている。目を閉じる。眠るということは、誰かの夢の中へ入っていくこと。上手く入れますように。

落ちる

稲刈りの始まった田圃を抜け、妹と二人、谷に架かった橋を目指して走る。橋の上から身を乗り出して覗き込む。切り立った崖を水が流れ落ちていく。あぁー、あぁーと谷底に向かって叫ぶ。何度も叫ぶ。振り返ると祖父が鎌を持って立っている。この橋から声と一緒に落ちた者がいると腕を摑む。声を先に落とした私は声もなく落ちる。

片時雨

雨の上がった公園を、傘を畳んで歩いていく。葉を落とした桜の木の間から、母のいる家が見える。レースのカーテンが少し開いている。二階の窓から外を見ている。部屋に行くとベランダに出て手招きする。公園で遊んでいる子どもたちを見て、隆がいると死んだ兄の名をいう。あれは直子に葉子と妹の名をいう。

会う度に、私たちは幼い子どもになっていく。女の子が滑り台を上がっていく。母の耳元で呟く。お母さん、どうして私たちを生んだの。母は、どうして？といって首を傾げ、もう一度、私を産んでほしいからよといって見つめる。そして、ほら見てごらんと指を差す。女の子が声を上げて、滑り台を滑り下りていく。

家路

立ち上がった私に、心配性だね、そんなに急いで帰らなくても大丈夫だよといって笑った。久し振りに出会った母は元気そうで、不自由だった右手も動くようになっている。淹れてくれたお茶から湯気が上がる。驚かさないように、そっと帰るんだよという声に頷く。

夕暮れの街を家へと急ぐ。いつも門扉を開ける音に走ってくる犬が、犬小屋で丸くなって寝ている。呼びかけて頭を撫でる。薄目を開けたが、また眠ってしまった。ただいまと声を掛けるが返事がない。台所で水を使う音がする。夫が居間で新聞を読んでいる。娘がお茶を淹れてきた。お母さんもどうぞといって前に置く。猫舌だったわねといい、ふうーと吹く。湯気が揺れる。

振り返ると私の写真がある。アルバムに貼ってあった写真が、どうしてここにあるのだろう。私はここにいるのに。

標本箱

家に帰ると庭先に兄の自転車がある。開いた玄関から話し声がする。薄暗い土間に母と兄が立っている。裏口に回る。音を立てないように階段を上がる。採ってきた蝶は動かなくなった。兄は上がってこない。下を覗くと、一緒に連れて帰ってこなかったのという母の声がする。階段を下りていく。爪先に何かが当たって土間に落ちた。その音に母が振り返り、俯いていた兄が顔を上げた。壊れた標本箱。散らばった蝶に兄が駆け寄る。

あの頃と何も変わらない古い家。父も母も写真の人になって、中学生の兄の横に並んだ。今日も蝶が入ってきて土間にいる。玄関を出ると、兄が自転車を押して、どこまでもついてくる。

望遠鏡

展望台に上がると、兄は望遠鏡の方へ走っていった。コインを入れると、私を台の上に抱き上げた。覗くとオレンジ色のバスが走っていく。小学校や神社、見慣れた建物が白い道で繋がっていく。ほら、池の側に家が見えるだろう、あれが僕たちの帰る家だから。カチャッと音がして、何も見えなくなった。ポケットを探っていた兄が、早く帰ろうといって手を取った。

部屋に残る星座図。オリオン、ペガサス、獅子座、指先でなぞっていく。兄はどの星に帰っていったのだろう。

そらだより

グランドの脇の草むらに、ボールが朝露に濡れて転がっている。ここは昨日、子どもたちがボールを探していた所。夜の間、ボールで遊んでいったのは弟。サイドボードに飾っていた人形が、朝になるとソファーの上に座っている。夜の間、私の人形たちと遊んでいったのは妹。

ふっと物が消えたり、動いたりすることはよくあること。姿は見えないけれど、鳥の声で呼びかけたり、花びらを降らせたりする。見上げると、弟と妹が晴れた空から涙を落とす。

冬の空

葉を落とした木々の影を踏みながら歩いていく。三方を山に囲まれた溜池に出る。水面を漣が渡っていく。池の奥にハクチョウがいたが、今日はその姿が見えない。渡りにはまだ早い二月。山道で拾った白い羽根に、ポケットの中で触れる。

叔母は絵本を取り出すと、膝の上に広げた。

池に二羽の白い鳥が浮かんでいる。ある日、大きな音がして飛び上がり、池に戻ってくると一羽がいない。探し回るがどこにもいない。空を見上げ飛び上がるが、羽根が重くて飛べない鳥は、羽根を抜いて、高く、高く上がっていく。最後のページに鳥の姿はなく、白い羽根が落ちている。会えたのと聞くと叔母は頷き、羽根を畳むように本を閉じた。

今日、晴れた冬の空を高く上がっていった叔母。白い羽根を拾う。

泣く石

坂道を下ると、そこはもう砂浜だった。走り出した私を、叔母は名を呼びながら追いかけてくる。朝の波打ち際は、いろんなものが落ちていた。不思議な形をした流木、見たこともない貝殻や、つるつるした石、砂を払ってポケットに入れていく。毎日、拾っては机の上に並べた。夜、手に取ると貝殻たちは海の話を、石ころたちは山の話をしてくれた。雨が降ったある日、机の上の石に触れると指先が濡れた。石が泣いている、砂浜に帰りたいと泣いている。叔母は濡れた石を拭いながら頷いた。

アルバムに残る海辺の家。叔母が、あなたが欲しくて連れて帰ったことがあるといったのは、亡くなる少し前のことだった。

待つひと

帰ってくると玄関に見覚えのあるサンダルがあった。叔母が来ている。いつ病院から帰ってきたのだろう。ランドセルを置いて部屋に行くと、声がしていた叔母がいない。外に出るとバス停に立っている。陽炎が燃え、白いパラソルがゆらゆら揺れる。バスが近づいて来る。叔母の名を呼び走る。あの日の返事をしなくては。

バスは細い坂道を登っていく。時々、伸びた枝が窓ガラスを撫でる。口に咥えた帽子の紐が塩辛い。門を入るとクレゾールの匂いがした。ベッドに寝ていた叔母に、サンダルの包みを渡した。私をベッドの端に座らせると、手相を見てあげるといって手を取った。長生きで何人もの子どもに恵まれるという。今度生まれてくる時は、あなたの家の子になって生まれてくるから育ててくれるかしらという。自分の手のひらを見せ、珍しい手相だから、これが目印だという。

産湯を浴びて傍らに眠る子の手を取る。握りしめた指をほどき手のひらを見る。叔母はまだ生まれてこない。

自転車

ベルの音に外に出ると、玄関の前で自転車ごと倒れている。補助輪を外したばかりで、上手く止められなかったのだろう。倒れた子を抱き起こし、押えた膝小僧を見る。

一日目、父は補助輪を外した自転車を、後ろから押して付いてきた。二日目、自転車の横を走って付いてきた。三日目、乗れるようになった私に、止まるな、走り続けろといって家の中に入ってしまった。

あの日から、ずっと自転車に乗って走っている。乗り慣れた自転車も、この頃はハンドルが錆び、ブレーキの利きも悪くなってきた。そろそろ買い替え時のようだ。上手く止めて、降りることが出来るだろうか。降りられないときは、ベルを鳴らすんだったよね、お父さん。

あの家

昼寝から覚めた子が部屋を見渡し、おもちゃを持って外に出て行こうとする。どこへ行くのと聞くと、お家に帰るという。あなたのお家はここよといっても首を振る。あっち、あっちと澄んだ空を指さす。言葉を覚える頃まで見えていた、あの家のこと。

夕食が済むと祖母は、洗濯物を袋に入れ、傘を持って外に出て行こうとする。どこへ行くのと聞くと、家に帰りますからといって振り返る。いつか祖母のように帰る家があることを思い出すだろうか。

ターミナル

落ちましたよの声に目を開けると、手に持っていた切符が座席の下に落ちている。拾い上げると水に濡れ、行先が滲んでいる。先に行って待っているからと家を出たけれど、電車はどこへ行くのだろう。橋を渡っていく音がする。

ターミナルに着くと、待合室のベンチに母が座っている。待っていたのよといって手を取る。どれ位話をしていただろう、アナウンスに、もう行かなくてはと立ち上がる。先に行って待っているからと来た電車に乗り、ガラス越しに手を振る。出て行く電車を見送る。次の電車はいつ来るのだろう。

あとがき

日々の暮らしの中で、不意に訪れる身近な人たちとの別れ。逝く人が残した言葉や目差しは、思い出す度に、これから往く世界を気づかせ、想像させてくれました。この世界もまた、目を開けると懐かしい人たちがいて、夢を見ていたんだよという日まで、覚めない夢なのかもしれません。第一詩集を出した後、散文詩という形で書いてきました。十七年目の第二詩集です。

詩集を編むにあたり、安水稔和先生には「火曜日」が終刊になった後もご指導をいただき、本当にありがとうございました。心よりお礼を申し上げます。「火曜日」同人の皆様、ご一緒に発表の場を持てたことを感謝しております。編集工房ノアの涸沢純平様、この度もお世話になり、ありがとうございました。

二〇一五年六月

橋本千秋

橋本千秋（はしもと・ちあき）
1948年　兵庫県生まれ
兵庫県現代詩協会会員
詩集『長いノック』（1998年、編集工房ノア）
住所〒673-0551
　　三木市志染町西自由が丘２丁目340

夢《ゆめ》の箱《はこ》
二〇一五年八月一日発行
著　者　橋本千秋
発行者　涸沢純平
発行所　株式会社編集工房ノア
〒五三一―〇〇七一
大阪市北区中津三―一七―五
電話〇六（六三七三）三六四一
ＦＡＸ〇六（六三七三）三六四二
振替〇〇九四〇―七―三〇六四五七
組版　株式会社四国写研
印刷製本　亜細亜印刷株式会社

ISBN978-4-89271-236-4